シリーズ自句自解I　ベスト100

JikuJikai series 1 Best 100 of Kazuko Nishimura

西村和子

ふらんす堂

目次

シリーズ自句自解Ⅰベスト100　西村和子

晩夏光ものの言ふごとに言葉褪せ

1

昭和四十一年、大学入学と同時に「慶大俳句」に入会した。クラブ活動は短歌か俳句と心に決めていたが、当時短歌研究会はなかったので、おのずから俳句研究会へ導かれた。新入生歓迎会は明治神宮吟行。近くの喫茶店で生まれて初めて句会というものに参加した。現役よりＯＢの方が多い句会だったが、何句か先輩達の選に入った。それでやみつきになったが、やがて自分の言葉の貧しさにも気づかされた。

（『夏帽子』昭和四一年）

月見草胸の高さにひらきけり

2

木曜日の放課後は日吉キャンパスの部室で、土曜日の午後は三田の丘の図書館で、週二回句会をした。日曜日には横浜や神宮の森を吟行、春夏の休みには合宿と、俳句三昧の四年間だった。

二年生の夏休みは妙高高原で合宿。昼間は吟行、夜は席題と袋回し。百句近く作ったはずだが、清崎敏郎先輩に句稿を送って残った句は僅か。その中の一句だが、のちに高校の教科書に登載された。

（『夏帽子』昭和四二年）

囀に色あらば今瑠璃色に

3

卒業の時、俳句は私に合っているでしょうか、と清崎先生に尋ねた。合っていなかったら止めてもいいと思っていた。「そんなもん、十年やってみなきゃわかんねえよ」それが師の答だった。気の遠くなる年月に思えた。

結婚の翌年、新緑の上高地に二人で行った。雨あがりの高原は見るもの聞くものすべてが鮮やかに澄んでいた。ラ行の音の重なりは意図したものではなかったが、その日の心弾みの表われかも知れない。

（『夏帽子』昭和四八年）

泣きやみておたまじやくしのやうな眼よ

4

昭和四十九年二月二十五日、雪の夜、長男誠人を産んだ。赤んぼがこんなに泣くものだとは知らなかった。新米の母親も時には一緒に泣いた。子育てがこんなに大変だということも知らなかった。夜も眠れない。でも、泣きやんだ時のつぶらな目は、黒々と潤っていて可愛い。形もおたまじゃくしのようだった。我が子を可愛いと思う余裕もない子育てだったが、心のゆとりが生じた時だけ俳句が残っている。

（『夏帽子』）

天瓜粉何摑まんとする手足

5

次男を産んだのは七月二十日、蟬時雨の注ぐ真昼だった。夏生まれはこんなに楽かと思うほど、二番目の子育ては楽しかった。風呂上りに裸で転がしておいても風邪の心配はない。手足を活発に動かして、天瓜粉を塗(まぶ)す間もじっとしていない。

　これからは句会から遠のくことになると先生に伝えると、「ほそぼそでもいいから続けなさい。子供はいい句材になるよ」と言われた。

（『夏帽子』昭和五二年）

おいて来し子の眠る頃虫の闇

6

先生を囲む十数人の句会「夜長会」は、その名の通り夜集まって兼題十句、席題三句。俳句のことしか考えず、語らぬこの句会で私は育てられたと思うが、毎月の出席は叶わなくなった。

数年ぶりで長男を連れて吟行旅行に参加した。夜の二度目の句会が始まる頃、実家に預けて来た次男を思って出来た句。四六時中、どこにいても何をしていても子供たちを思っている自分に気づいた。

（『夏帽子』昭和五三年）

葱きざむ子の嘘許すべかりしや

7

何であったか忘れてしまったが、子供が小さな嘘をついた。叱るとすぐにしゅんとしたが、その後はけろりと遊んでいる。私の方はそうはゆかない。あのくらいのこと許すべきだったのだろうか。いやいや小さいうちからいけないことはいけないと教えておくのが親の務め。夕飯の仕度をしながらも心にひっかかる。葱を刻むような単調な動作のくり返しは、人にものを思わせるようだ。決して無心というわけではない。

（『夏帽子』昭和五四年）

春宵の母にも妻にもあらぬ刻

8

いつも西村さんの奥さん、誠人君のお母さん、威彦ちゃんのママと呼ばれて暮らしていた。それはとても幸福なことだったが、子供たちが眠った後、夫が帰宅するまでの時間に歳時記をひらき、句帳に書きとめた一句。その僅かな刻（とき）も大切に思った。

たまに句会に出ると、昔からの仲間が「和子さん」と呼んでくれる。それがとても嬉しかった。妻でも母でもない私自身でいられる場であった。

（『夏帽子』昭和五四年）

つなぐ手をくぐりてゆきし蝶々かな

9

車の運転はできないし、自転車の前うしろに子供を乗せるのは危なっかしいし、どこへ行くにも両手に子の手を引いて歩いた。横浜市も外れの、畑の中に建った建売住宅は、土埃も吹かれて来たが、雲雀の声が毎日降り注いだ。おたまじゃくしやザリガニが友達だった。兄弟が手をつないで歩く姿は可愛い。その手をくぐった蝶々もまだ高くは飛べない生まれたて。そんな時、手を振り切って追っかけてゆくのは決まって次男。

（『夏帽子』昭和五四年）

日傘より帽子が好きで二児の母

10

日々活発になってゆく二人を追いかけ回す明け暮れ。飛び出してゆく子を追いかけて帽子をかぶせ、ついでに私もかぶる。いつまでも外で遊んでいたい腕白を、時には引きずって帰らねばならぬので、日傘などさしている場合じゃない。こうして吟行にも連れて行った。先生が

　母と子の母の大きな夏帽子　　敏郎

と詠んで下さった。句集を作るなら「夏帽子」と名づけようと決めた。

（『夏帽子』昭和五四年）

螢籠吊るす踵を見られけり

11

「青胡桃会」という二十代三十代の句会が「若葉」に発足。命名は当時八十七歳の富安風生。

汝(な)の金の産毛妬しや青胡桃　　風生

毎月の句会には殆ど欠席投句で参加したが、この夏は子供たちを実家に預けて吟行旅行へ。夜更けて先生の提案で袋回しとなった。題を見た時、螢籠を吊るすとしたら、どこに視線を感じるだろうと思って咄嗟に出来た句。

（『夏帽子』昭和五四年）

障子といふ隙なきものを閉ざしけり

12

法事のため家族で京都へ。帰りに奈良をドライブした。浄瑠璃寺に寄った時はもう日も傾きかけていた。ひたりと閉ざされた障子に、一切の隙を許さぬ厳しいものを感じた。紙と木で作られた薄い隔てに、鉄壁の揺るぎなさと緊張感を覚えたのはいったい何故だろう。帰宅してからもこの印象を句に詠みたいと思った。この旅で残っているのは一句のみだが、これを含む五句で初めて「若葉」の巻頭を得た。

（『夏帽子』昭和五四年）

熱燗の夫にも捨てし夢あらむ

13

結婚八年目の作。他人だった二人が共に暮らすということは、お互いに小さな夢をひそかに捨てることだと思う。独身の頃は私にもああしてみたい、こんなことも挑戦してみたいと思うことがあった。それを諦めたのは、二人で育む大きな夢ができたからでもある。仕事から戻って熱燗を楽しんでいる夫は、捨てた夢のことなど口にはしないが、この人にもそういうことがあっただろうと、改めて思った。

（『夏帽子』昭和五五年）

しやぼん玉兄弟髪の色違ふ

14

お兄ちゃん八歳、弟五歳。長男の髪は茶色っぽく柔らか、次男は真黒な剛毛。髪の色が異なるように性格も正反対。同じように育てたつもりだが、今ふり返るとそうでもない。初めての子はことごとく不安で用心深くなってしまう。二人目ともなると心配の種はかなり減り、親にも余裕と自信が生じる。おっとりした兄と負けん気の弟が仲良くしゃぼん玉を吹いている。この違いをそのまま伸ばしてやりたい。

（『窓』昭和五七年）

囀や雨の上るを待ちきれず

15

句会に欠席がちな境遇にあって多作多捨を心がけるには、葉書に一日十句を書いて送り合う、一季語で五十句を交換する、といった手がある。いずれも同じくらいの俳句好きに付き合ってもらってこそ実現する。学生時代からの仲間の行方克巳さん、本井英さん、中川純一さん達がいつも応じてくれた。この時期、ひとりでは句作を続けられなかったと思う。そうして励まされながら作ったうちのひとつ。

（『窓』昭和五八年）

如月のうすぎぬ展べし海の色

16

「湘南若葉」の句会は毎月同じ辻堂海岸を吟行。定点観測のように微妙な海の変化を捉えることを目指した。草や花や海の家や、先月とは違う句材に走りがちな私を、先生は「言葉が浮かんで来るまで待ちなさい」と諭された。先生はいつもひとつ所に腰を据え、じっと見つめて不動の構え。見習って一面に霞む海を何とか描こうと、待つうちに「うすぎぬ」という言葉が浮かんだ。

（『窓』昭和五九年）

見守られ入学児より退場す

17

家の窓から見える距離の小学校へ次男も入学。入学式の式次第が記された紙に書きつけた一句。上級生と父母席の間を新一年生が退場してゆく。緊張気味も不安気も落ち着きのない子も、自分たちがどれほど熱い視線を浴びているか知らない。息子たちの運動会も学芸会も卒業式も、カメラは持たず、プログラムの端に句を走り書きした。長男入学の句が残ってないのは、私の方が緊張していたせいか。

（『窓』昭和五九年）

白玉や子等の喜ぶことをせむ

18

ゼリー、ババロア、プリン、マドレーヌ、パウンドケーキ、クッキー。おやつ作りは楽しい。小さなオーヴンで誕生日にはショートケーキを必ず焼いた。中でも子供たちが好きなのは白玉だんご作り。粉をこねるのは泥んこあそびと同じ感触。小さな手の熱で団子が伸びたり尻尾がついたり。それも又嬉しい。そんな様子を見ていると、子供を置いて句会に出たい気持も萎える。自戒を含んだ句。

（『窓』昭和五九年）

窓といふ窓に物干し黄落期

19

中国の胡耀邦主席の招きで、日本の青年三千人が建国三十五周年の国慶節に臨んだ。文化、スポーツ、実業界など各界の青年達が、各コースを巡り、北京に集合。俳人協会からも若手十人が招かれた。初めて触れた中国の壮大な景色と歴史と文化の深さに圧倒された。西安、上海と訪ね、十日目に街路で目のあたりにした景。ビルの向かいの窓へも竿を張り渡して、旺盛な生活力を誇るように洗濯物がはためいていた。

（『窓』昭和五九年）

菠薐草スープよ煮えよ子よ癒えよ

20

男の子は突然高熱を出して寝つくことがよくあった。食欲もなく、ぐったりしている子を前に、他のものは何もいらないからこの子を治して下さいと祈った。喉を通りやすいように菠薐草（ほうれんそう）を柔らかく煮て、裏ごしをして牛乳を入れスープにする。その手間をかける間も、祈る思い。「よ」の連続は、命令形というより、願いをこめた呼びかけであり、母の切実な祈りの表われと読んでほしい。

（『窓』昭和六〇年）

人生の夏の来向ふ初暦

21

新しいカレンダーに予定を書き入れる。特に土日や休日は夫はゴルフ、私は句会。先に書き込んだ方に優先権があるという暗黙の了解ができていたので、競って印をつけたものだ。家に残る方が子供たちと過ごすことになる。平日は帰宅が深夜に及ぶ夫も、私が留守の休日は男同士でドライブやハイキング、料理まで楽しんでいた。学校行事、町内会の当番、家族旅行の希望等々、カレンダーは印で埋まる。

（『かりそめならず』昭和六一年）

初鏡笑顔つくれば励まされ

22

前年の十二月、夫が大阪に転勤となった。子供たちの学年の区切りを待って、春休みには家族で移り住むことにした。日曜日の朝の食卓で、それを告げた時、中学一年生の長男はすぐに事情を呑みこんだようだったが、小学三年生の次男は、「それで、いつ帰って来るの」と問う語尾が涙を必死にこらえていた。生まれ育った地を離れる不安は、私も同様だったが、覚悟を決めて新しい年を迎えた。

（『かりそめならず』昭和六二年）

馴染むとは好きになることと味噌雑煮

23

実家の雑煮はおすましだった。京都生まれの夫は白味噌のお雑煮で育った。私には甘たるくてなかなか好きになれなかったが、結婚後十五年も経つと、これを食べなければ正月の実感が湧かなくなった。そればかりか、まったりしたこの味も好きになっている自分に気づいた。東京生まれの姑は元旦は白味噌、二日はおすましと決めていたので、私も踏襲している。

（『かりそめならず』昭和六二年）

鳥雲に子等にも持たす旅鞄

24

十年暮らした横浜の家を売り、大阪池田市のマンションを購入。新たな住居を探し歩いた日、「渡り鳥は大変だなあ、毎年移り住むのだから」と、夫がふと洩らした。一家を引き連れて転居する主（あるじ）としての感慨があったのだろう。中学二年になる長男と、小学四年になる次男も、それぞれの荷を持って新幹線に乗った。折しも鳥雲に入る季節。沿線の桜も満開の日。

（『かりそめならず』昭和六二年）

明易や愛憎いづれ罪ふかき

25

「考えてみると、人を愛するということも、場合によっては、罪を作るということもある。短夜の時分、暁方早く、眼が覚めて、眠れぬままに、そんなことを考えてみたりもする。この句などは、内容から、あるいは叙法から言って、花鳥諷詠、客観写生という範囲から、逸脱しているように見えるかも知れないが、そうではない。明易しという季題が、まことに的確であることを見逃してはならない。」

――清崎敏郎「わが俳句鑑賞」――
（『かりそめならず』昭和六二年）

鎌倉も落葉の頃か落葉踏む

26

阪急宝塚線の石橋駅から、京都へも奈良へも日帰りで行ける。古典のふるさとは即ち季語の源だ。歳時記に載っている行事を見に、古典の舞台を歩きに、よく一人で出かけた。落葉を踏む音を聞いていると、鎌倉の谷戸の寺々が思い出された。このころはまだ心を半分東に残して来たような気持だったのだろう。淋しいとは思っていなかったが、この句を見ると、淋しかったのね、と声をかけてやりたくなる。四十歳を目前にした晩秋。

（『かりそめならず』昭和六二年）

山姥の冬も霧吐く丹波かな

27

丹波篠山の春日神社では、もの古りた能舞台で花の能と月の能、大晦日に「翁」が奉納される。初めて月の能を観た時、向かいの岩山に反響する音と、虫の闇の深さに感動した。以来たびたび足を運んだ。どんなに天気の良い日でも、福知山線が丹波盆地に入ると霧が襲う。この霧と朝晩の冷えこみが黒豆や栗の味を育てるのだという。山姥（やまんば）の発想は能舞台のイメージだが、丹波在住の俳人、細見しゅこうさんがこの句をほめて下さった。

（『かりそめならず』昭和六二年）

クレーンがキリンに見えて冬霞

28

句集『夏帽子』を出した時、一番に買って下さったのが、神戸の和田春雷さんだった。池田に移り住んだ時も先ず電話を下さり、神戸吟行案内を買って出て下さった。春雷、游眠ご夫妻と北野の異人館を巡った日、うろこの家の窓から神戸港が見渡せた。会員制喫茶店の「にしむら」で珈琲を楽しみながら句会。これがのちの知音の西の例会の濫觴である。〈煖炉燃ゆランプシェードは飴色に〉

（『かりそめならず』昭和六三年）

この町に生くべく日傘購ひにけり

29

大阪の日射は容赦なく、夏帽子派の私もさすがに参ってしまった。この地に生きる覚悟を決めて、真っ白な日傘を購った。「べく」には、この地で存分に生きようという意志をこめたつもり。すでに子供たちの手を引く必要はなくなったので、どこへ行くにも日傘をさして出かけた。梅田の日本語学校の講師を務め、外国人に日本語を教えることで、日本語再発見の機会を得た。

（『かりそめならず』昭和六三年）

鉾宿に男ばかりが嬉しさう

30

京都の祇園祭のさまざまな段階を見に、鉾町に通った。鉾建てが終わると、夜には二階囃子が聞かれる。すべて男たちばかりの手で行われ、昔は女性は鉾に乗せてもらえなかったとも聞く。現代でも男性たちがとりしきって、女性はあくまでも裏方。京男たちの張り切りようがむしろほほえましく、「嬉しさう」という言葉が自然に出てきた。このの
ち毎年祇園祭には通った。

（『かりそめならず』昭和六三年）

運動会午後へ白線引き直す

31

横浜の小学校の運動会は平日で、生徒たちは教室で給食だった。転校した池田の小学校の運動会は日曜日で、お昼は校庭で家族と一緒。隣のシートでは三段の重箱を囲んで親子三代勢揃い。家族行事のひとつとして応援に来ているのだった。その傍では先生方が、午前中の競技で薄れてしまった白線を引き直している。これもプログラムの余白に書きつけた句。「へ」の一語を工夫した。

(『かりそめならず』昭和六三年)

雨音も夜深くなりぬ修二会堂

32

奈良の東大寺二月堂のお水取は、修二会の行のひとつで、三月に入ると松明は夜毎あがる。十二日の夜の籠松明の火の粉を浴びた年もあるが、この年は宿がとれず、数日前の行を見た。昼間の食堂(じきどう)作法を垣間見、生飯(さば)投げを見、松明の後もお堂の中に入って格子越しに練行衆(れんぎょうしゅう)の読経を聞き、五体投地に立ち会うと、共に修行をしている気持になる。堂を包む雨音をもって、深更に及ぶ行を表わしたかった。（『かりそめならず』平成元年）

大阪の暑に試さるる思ひかな

33

移り住んだ年は、真夏日が連続五十日だった。夜になっても風が吹かない。「風死す」という季語を大阪に住んで初めて体験した。夜中も汗をかいて目が覚める。夜明けと同時に裏の公園で熊蟬が大合唱。関東では聞いたこともなかった大音響に起こされると、ああ又暑い一日が明ける、試練の季節がやって来た、と心底から思った。大阪のおばちゃんが元気なのは、この夏に鍛えられているからだ。

（『かりそめならず』平成元年）

寒禽の取り付く小枝あやまたず

34

真冬の京都植物園。見るべき花もない季節なので人影はまばら。曇天の梢を眺めていると、四、五羽の雀が狙い定めたかのように、吸い着けられたように、ぱぱぱっと一つの枝に止まった。一分の狂いも揺れもない敏速な動きにびっくりした。「こうした句、自然に厳しい目をむけている花鳥諷詠派でないと理解できないかも知れない」と先生の評。少しの理解者を得れば救われる。

（『かりそめならず』平成二年）

茅花散り徒然草に恋の段

35

「風も吹きあへずうつろふ、人の心の花に、馴れにし年月を思へば、あはれと聞きし言の葉ごとに忘れぬものから、我が世の外（ほか）になりゆくならひこそ、亡き人の別れよりもまさりてかなしきものなれ。（略）
堀川院の百首の歌の中に、
　昔見し妹が墻根は荒れにけりつばなまじりの菫のみして
さびしきけしき、さる事侍りけん。」二十六段より。

（『かりそめならず』平成二年）

ひととせはかりそめならず藍浴衣

36

「藍浴衣という季題によって、女盛りの感慨だということが察せられる」と先生の評。新しい土地での暮らしに馴染もうとし、関西各地を訪ねて句を詠み、暑さに試され、少しでも心地よく過ごそうと日傘を購い、まさに人生の夏、という実感の日々だった。ふり返ってみると先生の言葉通り、あの頃が女盛りだったとも思う。この句から第三句集の題名とした。四十二歳。

（『かりそめならず』平成二年）

「立子へ」の侍むくだりを読みはじむ

37

夫の転勤は、仕事上求められたものだが、蹤いて来た私は、いったいここで何ができるのだろう、という思いが、時々私を悩ませた。そんな時、高浜虚子の『立子へ』に出会った。

「運命に安んずるとは、安心して眠つてをるといふ意味ではない。其境遇に立つて其境遇より来る幸福を出来るだけ意識することだ。」今も折々読み返す。

（『かりそめならず』平成三年）

青山を指して筶(しもと)や競べ馬

38

五月五日、上賀茂神社の競べ馬。京都は花も紅葉も素晴らしいが、新緑の頃も劣らず美しい。山々の色も並木のすがすがしさも一番の季節だ。朱色や藍の装束で身を固めた男たちが、青芝の馬場を一気に駆ける行事は、勝負より目を楽しませてくれる。境内ののびのびとした大木の中には、『徒然草』に出て来る樗の木もある。その彼方に北山の山並。日の傾くまで続く悠長な行事。昔は夜に及び提灯を灯したこともあるという。

（『かりそめならず』平成三年）

鉾を待つ窓に親戚中の子よ

39

毎年祇園祭を見て歩くうち、この祭の全容がおぼろげながらも見えてくる。鉾建て、鉾の曳き初め、二階囃子、屛風祭、宵山、そしていよいよ山鉾巡幸。七月十七日の新町通りだったか室町か。昔ながらの二階家の硝子窓を取り外し、子供達が顔を並べて待っていた。おそらく親戚縁者が集まって、階下では大人の宴の準備だろう。祇園囃子が近づいてくる。開け放った二階へ、茅巻が投げ込まれる。

（『かりそめならず』平成三年）

虫籠に虫ゐる軽さゐぬ軽さ

40

「鷹」同人の後藤綾子さん宅の「あ句会」で、辻田克巳、山本洋子、宇多喜代子、大石悦子、茨木和生、岩城久治といった方々と毎月顔を合わせるようになった。季節ごとに趣向をこらして下さる座敷に、この月は竹の虫籠が。大岡信氏の「折々のうた」に採り上げられた。「虫がいるのといないのと、季節の移り行きをとらえてまことに軽妙な句だ。作者はもちろん、この時、『虫ゐぬ軽さ』の季節にいる。」

（『かりそめならず』平成三年）

朴一葉ひと亡きことにゆきあたる

41

中学二年の四月、英語の先生として教壇に現れたのが渡辺晋先生。その頃知った啄木の

　君に似し姿を街に見る時のこころ躍りをあはれと思へ

の「君」は私にとっては渡辺先生だった。この出会いがなかったら、私は文学とは無縁だったろう。平成三年二月、先生の訃に接した。享年五十七。久しくお会いしていなかったが、初恋の人は忘れない。この世に亡いという事実にゆきあたっても。

（『かりそめならず』平成三年）

まなうらに紅葉冷ゆらむ伎芸天

42

「天平の昔からどれだけの人間がこの顔を眺めたろう。彼は傍の真子が天女の美を心に吸い尽しているのに感動した。彼がそうするように、彼女も美を受け止めている。二人は別のかたちで人形へ還元してゆくだろうと思った。他の人間とは分ちあえない共感によろこびを抱かずにいられなかった。」

芝木好子の『面影』は最愛の小説。秋篠寺の伎芸天は最愛のみ仏。

（『かりそめならず』平成三年）

花の旅京遊句録携へて

43

高浜虚子が生涯にわたって詠んだ京都の俳句を、高弟の中田余瓶が一本に纏めた『京遊句録』の存在を知った。京都に行く時は必ず鞄の中に入れ、やがて虚子が句を残した所々を訪ねるようになった。それは虚子と共に京の山河を歩く楽しみを与えてくれた。一方で虚子の京都に関わる句文を求めて図書館にも通った。こうして綴った『虚子の京都』は平成十六年に刊行、その年の俳人協会評論賞を受賞した。

（『心音』平成四年）

帰省子の頰の尖れる寝顔かな

44

大学生になった長男は家を離れて下宿暮らしを始めた。夫の転勤に従って関西に移り住んだ時、高校生までは一緒に暮らそう。大学は行きたい場所へ行きなさい、と言って聞かせた。嬉々として家を出たはずの長男だったが、初めての一人暮らしはままならぬことも多かったと見える。夏休みに帰省し、我が家のソファで眠りこけている顔を見て、胸をつかれた。

(『心音』平成四年)

紙風船息吹き入れてかへしやる

45

祇園の八坂神社の境内で、昔ながらの紙風船を売っていた。懐かしくて購って帰り、中学生の次男相手に興じた。サッカー部に入って固いボールを蹴っていた息子にとって、こんなやわな、破れそうな紙風船を突くことが新鮮だったらしい。何度も突くうち目がきらきらしてきた。私が小さかった頃は、富山の薬売りが雪解けを待って回って来て、小さな六角形の紙風船をくれたっけ。

（『心音』平成五年）

小説はつづき雪林昏れにけり

46

野沢温泉郷の塞の神祭へ。小正月の夜、雪の上に竹や藁で高々と屋形を造り、火をかける行事は勇壮そのもの。道祖神の祭と左義長とが結びついたものらしい。江口井子さんをリーダーとする「木曜会」の吟行旅行。〈みそなはす天の三ッ星さいと焼〉〈火に酔ふは男のみかはさいと焼〉〈雪まぜの火の粉降る降るさいと焼〉その興奮さめやらず、帰りの特急の中でも句帳をひらく。この句は軽井沢あたりだったと思う。

（『心音』平成六年）

黒谷の松吹く雪となりにけり

47

浄土宗大本山金戒（こんかい）光明寺は西村家の墓処（どころ）。こんもりとした小山なのに黒谷の名があるのは、法然上人が比叡山西塔北の黒谷で、浄土宗の緒を得たことによる。観光寺ではないが、城郭のような構えといい、雄々しい山門といい、塔頭の豊かさといい、ゆるぎない大寺である。山門わきの錚々たる松並木で雪に出会った。この松並木が寺に風格を添えていたものだが、近年松喰虫の被害で姿を消した。

（『心音』平成六年）

くべ足して暗みたりけり花篝

48

祇園円山公園の枝垂桜。夜桜はことのほか妖しい。
虚子が愛した初代の枝垂桜は昭和二十三年に枯死したので、今は二代目。二百年もの樹齢を誇った初代と比べられて、はじめのうちは辛い思いもしたようだが、毎年見に行かずにはいられない名花となった。花篝が衰えてくると、黒装束の男が黒子のようにすり寄って、焼べ足す。その一瞬を捉えて夜桜の華やかさをも描きたかった。

（『心音』平成六年）

もの言はぬもののみ残り原爆忌

49

広島の平和記念公園に初めて行った。八月六日の原爆忌の数日後だったが、この季語を用いないとものが言えなかった。その時刻で止まったままの時計、黒焦げになった弁当箱、直前まで幼な児が乗っていた三輪車……。資料館に残されたもの達は、沈黙のまま、訴えかけてきた。何十句も作ったが、十七音の無力感にも襲われた。この折の作品で「若葉」同人欄と雑詠欄の同時巻頭となって、少し救われた。

（『心音』平成六年）

脈々と湧き刻々と泉古り

50

明治神宮を吟行。清正の井を覗いた時、大学一年の春、初めての吟行でここにこうして立ったことを思い出した。水は三十年前と同様、常に新しく湧いているが、この世のものは刻々と年古りているのだと思った。俳句を作り続けてきたことによって、世の中の当然の物事に改めて心をとめ、日常の一瞬を敏感に受け止めるようにはなったが、それを言葉で言いとめることは相変わらず難しい。

（『心音』平成七年）

創刊の言をこころに
——初句会

51

「情熱をして静かに燃えしめよ
湿れる松明の如くに

——藤村の言葉より

私たちは、この精神でやって行こうと思います。」

平成八年一月、学生時代からの仲間、行方克巳さんと「知音」創刊。

「ここで、本道に俳句を愛して、それに一生を捧げようという人が出てくることを期待しています。」

——創刊によせて　清崎敏郎

（『心音』）

灯点せば口つぐみたる雛かな

52

雛

壇のお内裏様は、人が寝静まった後には語らい始めるのではないか。三人官女は酒を注ぎ、五人囃子は楽を奏でるにちがいないといった妄想は、子供のころから抱いていた。誰しも想うことだろう。灯を点した瞬間に体裁を整えるような気がしてならない。闇の中の雛たち、人が見ていない間の声や動きや音の幻覚を間接的に描いてみたかった。

（『心音』平成八年）

五月幟男の子は家を離れゆけ

53

長男が就職。大学生までは家を離れて暮らしていても親がかりだが、これから名実共に巣立って独立した生計をたてる。親としての感慨を、命令形をもって強く打ち出したのは、淋しさを隠すため。自立の覚悟を男子に促すため。一句を詠むということは、人生の新たな局面にさしかかった時、次の一歩を踏み出す弾みをつけるようなもの。この句によって私自身が子離れを果たした。

（『心音』平成八年）

初桜立ち出でて子はふり向かず

54

大阪の大学に進むとばかり思っていた次男は、東京の大学を選んだ。その決定に私の方が戸惑っている間に、さっさと荷物をまとめて出て行く日、戸口でにこっと手をあげ、くるりと背を向け、意気揚々と歩み去った。移り住んだ日のごとく町に桜が咲き始めていた。家族で暮らしたマンションから、一人ずつ息子が巣立ってゆき、夫と私が残された。

（『心音』平成九年）

どんぐりを拾つて捨てて子等とほし

55

息子たちが家で待っているわけでもないのに、帰りは足早になる。スーパーの買い物籠に牛乳をつい二パック入れてしまう。母親の習性が身についてしまっている。どんぐりを拾ってしまうのもそのひとつ。吟行先でつややかなもの、珍しい形の立派なものを見つけると、つい拾って、子供たちに見せてやろうと思う。すぐに気づいて捨てる。子供が待っていないのはつまらない。

（『心音』平成一〇年）

置き去りの母に花散り花過ぎぬ

56

四月八日、父が逝った。七十九歳だった。〈病窓に暮れてゆゆしき桜かな〉〈屍室落花吹きこみゐたりけり〉葬儀を終え、その後の諸々の手続きを手伝い、母ひとりとなってしまった家から大阪へ帰る日、置き去りにする思いが心を責めた。私たち姉妹を育て、送り出した家。父と二人で老後の日々を過ごした家。父に先立たれて、この世に置き去りにされた思いがしたことだろう。

(『心音』平成一一年)

白南風やたましひは天翔るてふ

57

同じ年の五月、清崎敏郎先生が亡くなった。三十三年間師事した、生涯にたった一人の師。師恩に報いるには、俳句を作り続けることしかなかった。ひと月後、鎌倉の成就院を吟行した折、眼下の眺めに、

南風の浪渚大きく濡らしたる　敏郎

の句が甦った。先生はもうこの世にはおられないが、句を思う時私の傍にいて下さる。

（『心音』平成一一年）

病院を船と思へり冬ごもり

58

年末、大阪回生病院に入院、手術。病室の窓から夜ごと梅田の繁華街の明かりが見えたが、自分とは無縁の別世界に思えた。歳晩のせわしさからも解放されて、手術翌日からひたすら歩く練習。病院という限られた空間の中で、食べたり読んだり買い物をしたり。クリスマスには小さな音楽会まで開かれた。大きな船に乗って次の港に着くまで、実社会から隔てられている感じ。

（『心音』平成一一年）

どこまでも菜の花いつまでも夕日

59

「知音」創刊五周年を記念して中国へ吟行旅行。上海、蘇州、杭州、紹興と巡り、江南の春を訪ねた。総勢二十三人五泊六日。行きの機内から袋回しという俳句三昧の旅だった。この句は初日の上海空港から蘇州へのバスからの光景。大平原に菜の花畑が続き、夕日を追うように西へ西へどこまで行っても、いっこうに日は沈まない。遅日とはいえ日本とは違う時間が流れている。

（『心音』平成一二年）

継ぐといふことを尊び初蹴鞠

60

正月四日、下鴨神社の蹴鞠始を見に。美々しき装束に革の沓を履いた公家姿の男八人が輪になって、鹿革の鞠を蹴上げ、地面に落さないようにするのが大切な遊び。勝負を競うものではない。風花が舞う中、悠長で優雅な動きを見ていると、王朝の面影を垣間見る思いがしてくる。現代の価値観とは又別の大切なことが見えてくる。鞠が伝統そのものと思えた。

（『心音』平成一三年）

水音と虫の音と我が心音と

61

「音が三つも重ねられているのに、ひたすら静けさが伝わってくる。この逆説的なレトリックは、五七五という定型がなければ成立しない。しかも『音』という漢字の読みが『オト』『ネ』『オン』とすべて異なる。あらためてそれぞれの『音』を聞き分けてみると、音の響きがまったく違うことがわかる。読者には、そんな不思議な三重奏が聞えてくる。」仁平勝氏の評。知音（ちいん）を得た。

（『心音』平成一三年）

その絵小さけれど囀聞こえくる

62

夫が東京に転勤となり、十四年ぶりに関東へ戻った。上野の西洋美術館は、京橋のブリヂストン美術館と共に、私が最初に泰西名画と出会った所。今も時々懐かしい絵に会いにゆく。吟行場所に選ぶこともある。こちらの心持ちや季節によって、絵の語りかけてくるものが違う。若い頃には気づかないことを見出すこともある。これもそんな発見のひとつ。たしかコローの小品。

（『鎮魂（たましづめ）』平成一五年）

雲の峰沖には平家船を並め

63

同人句会は創刊の時から季題による題詠のみと決めている。毎月同じ季題の数百句が集まるというわけだ。その本質に迫りたいと志し、思い切った飛躍も試みる。この句は後者。実景を写生し尽し、何十句も句帳に書き並べたあとに、自由に想像を巡らす。時空を超えて空想を羽搏かす。その時『平家物語』の一節が甦った。「俳句は畢竟、空想力だよ」かつて言われた先生の声が聞こえた。

（『鎮魂』平成一五年）

雲の峰ねぶた並びに迫り上り

64

編集部の面々と東北旅行。秋田の竿燈と青森のねぶたを見に。青森在住の夫のかつての上司が、ねぶた観覧の便宜を図って下さった。夫が俳句仲間の旅に同道したのは、これが最初で最後だった。初めて見た東北の祭は、夜空の色が印象的だった。多くのねぶたを目のあたりにした翌日、朝から雲の峰が威勢よく育っていた。この見たては、前夜の興奮の残像かも知れない。

（『鎮魂』平成一五年）

船窓の月光に呼び覚まされし

65

NHK学園の仕事で十一日間にっぽん丸に乗って島嶼巡りの旅。五島列島の福江島、屋久島、種子島を経て、最後は小笠原の父島へ。船旅は動くホテル。三度三度のご馳走に十時と三時のおやつ。映画館も図書室もある。コンサート、落語、手品、ダンス、ルーレットも楽しめる。絵手紙、コーラス、中国茶などの講座も。上陸地ごとに吟行して句会をするのが私の仕事。ある夜目覚めると小さな丸窓から月が覗いていた。

（『鎮魂』平成一五年）

年酒酌む生（おほ）したてたる二人子と

66

家を離れた息子たちもお正月だけは戻って来て、私の手作りのおせちを囲む。ごまめ、黒豆、かずのこ、叩き牛蒡、膾、鴨ロース、夫手製の錦玉子などつまみながら酌む日本酒は格別。成人した息子たちと酌み交わすのも親の冥利のひとつ。長男二十九、次男二十六歳の新年。「生したてたる」に万感の思い。こののちもこうして正月を過ごすものと、信じて疑いもしなかった。

（『鎮魂』平成一六年）

雪の上の足跡何におびえたる

67

真冬の北海道。新雪の上に何の足跡か一直線に走る。ふと途中でためらったような跡。残っているのは足跡だけだが、そこで小動物が何かを見、一瞬おびえたかのように思えた。

純粋な写生句なのだが、今から思うと、それは私自身に訪れる不幸の予兆だったのかも知れない。迷うでも驚くでもなく、おびえた、と見えたのだ。（『鎮魂』平成一六年）

夫婦して心願ひとつ初詣

68

夫の胃癌が見つかったのは年もおしつまった日のこと。年明けを待って入院、手術と決まった。その年もいつものように正月を迎えたが、心の内には不安と祈りとが渦巻いていた。いつものように二人で連れ立って近くに初詣。帰りには多摩川の土手に出た。西の彼方に小さく富士山が望めた。夫婦二人だけの心の内を詠んだが、息子たち二人も別々の場所で同じことを祈っていたにちがいない。

（『鎮魂』平成一六年）

秋桜時間よ止まれ風止まれ

69

手術を了え、春には会社にも復帰した夫だったが、残された時間は少ないことを、私と息子たちは知らされていた。ある日、リビングのテーブルの上を片づけようとして、新聞の切り抜きに気づいた。癌患者の投書だった。「癌になったからといって、今までの生活を変えたくはない。家族にもことさらに気遣われるのは辛い。お互い今まで通りに過ごし、時々いたわってくれればいいい。」その通りにした。

（『鎮魂』平成一七年）

朴落葉して林中にふたりきり

70

毎年夏を過ごす草津に、十月に入ってから行ったのは初めてのことだった。夫の望みだった。避暑客が去ったリゾートマンションを囲む樹々の梢や蔦は、色づき始めていた。林の中を歩くと、大きな朴の落葉が私たちを驚かせた。それを拾って帰り、夫の自慢の大皿に載せると、渋い色が映えた。趣味の陶芸の個展をひらくことが夫の夢だった。草津の部屋の棚には、夫の作品ばかりを飾っている。

（『鎮魂』平成一七年）

林檎剝き分かつ命を分かつべく

71

食欲を無くした夫に林檎を剝く。ひとつを二人で分かち合う。真っ赤に色づいた林檎は、命そのものに見えた。毎日病室に通ったが、今夜からは泊まろうと覚悟した夜半のことだった。十月二十九日土曜日、揃って見舞ってくれた息子たちに「ありがとう」と声をかけて見送った、わずか数時間後のことだった。享年六十。

林檎剝き分かち与へむ人は亡し　和子

（『鎮魂』平成一七年）

ある日我が窓染めゐたり冬紅葉

72

葬儀が終わった翌日、「僕たちは明日から会社に行かなくてはならないけど、おふくろはいつまでも泣いていていいから」と長男が言った。その言葉に又泣いた。「書くことがかあちゃんの仕事だから、おやじのことを書いたらいい」と次男が言った。その言葉に生き甲斐を見出した。すべてのものが意味を失い、世界も季節も遠のいてしまった日々。ある朝、突然、窓の景色が変わっているのに気づいた。

（『鎮魂』平成一七年）

霜の夜の夫待つ心習ひなほ

73

二十三年間、帰宅する夫を待って暮らした。頭ではわかっていても、今も扉口に音がすると、夫が帰って来たかと顔を向ける。耳を欹てる。私は決して良妻とは言えなかったが、遺された悲しみを夫に体験させなかったということだけで、救われる思いがする。〈句を詠むが我の誦経よ日々落葉〉〈泣き暮らす勿れと夫の星冴ゆる〉雪の頃また来ようと約束した草津で、ゆく年を送った。〈雪林の日輪かへりみてもひとり〉

（『鎮魂』平成一七年）

うつしみは涙の器鳥帰る

74

冬もサングラスが手放せなかった。心の均衡をなくすと、いつでもどこでも涙がこぼれた。何を見ても何を聞いても、家の中でも、駅までの道でも、スーパーの棚の前でさえ。なま身の体は目の縁まで涙をたたえた器だという実感から生まれた句。秋に渡って来た鳥たちも、春を迎えて帰ってゆく。これほどの悲しみの中でも、季節は確実にうつりゆくのだ。私の人生の季節もまた。

（『鎮魂』平成一八年）

在りし日のまま並べ掛け夏帽子

75

夏休みを涼しい草津で過ごすのが、私たちのささやかな贅沢だった。私が原稿を書いている間、夫は暮坂峠の陶芸家のもとで轆轤を回し、日が暮れると二人でホテルや温泉街へ食事をしに。草津国際音楽アカデミーのコンサートを聴きに、森の音楽堂へもよく行った。私が数日先に行って、夫を待つことが多かったが、最後の夏は夫が長逗留し、私を待っていた。今も一人でものを書いていると、夫が現れる気がする。

（『鎮魂』平成一八年）

囀の中くつきりと呼びかはす

76

世田谷の木立に棲む小鳥の声で目覚めることがよくある。家居の昼間、窓を開けていると様々な囀が聞こえてくる。その中で、他の声に紛れず、あきらかに呼びかけ、意志をもって応えている声に気づいた。囀は鳥の恋の現象。鳥の相聞に立ち会った思いがした。初案は「はつきりと」だったが、「くつきりと」とした方が、声が浮かび出てくると思う。十七音の一音でもおろそかではない。

（『鎮魂』平成一九年）

干草を日がな掬ひて男老ゆ

77

傷心の私のために、江口井子さんとその旧友の永澤英子さんが、スイス旅行を計画して下さった。チューリッヒ大学のプロフェッサー永澤も途中から同行して、サンモリッツ、シルスマリーア、ヴェンゲン、ユングフラウヨッホ、トゥーンなどを巡る二週間。トレッキングシューズを履いて緑の山や谷や湖畔の町や村を歩いた。セガンティーニの径、カウベルの音、青い瞳の山上湖、ウィズユーと鳴く小鳥、氷河の蒼……。

（『鎮魂』平成一九年）

我をのみ待つらむひとり魂祭

78

残された者の安心の境地は、先立った人がきっと私を待っていてくれるという一事に尽きるだろう。夫は私を、私だけを、いつまでも待っている。その思いが生きる力を与えてくれる。この句を唱えてみると、ま行の音と、ら行の音との重なりが不思議に私の魂を鎮めてくれる。鎮魂歌は亡き人の魂を鎮めるためのものだけではない。句を作ることで慰められてゆくのを感じた。

（『鎮魂』平成一九年）

三人の遺影机上に稿始

79

夫の死後上梓した句集『心音』が、俳人協会賞を受賞した時、俳句の神様の声を聞いた思いがした。これからは俳句と共に、俳句のために生きよ。その声に従おうと思った。長いこと息子が置いて行った学習机を使っていたが、新しく私のための机を買った。広い机上に三つの写真立て。書きなずむ時、夫が見守ってくれる。選句に迷う時、師の厳しい眼が注がれる。夜も遅くなると、もう寝なさい、と父の声が聞こえる。

（『鎮魂』平成二〇年）

かへりみる勿れ夜桜夜の坂

80

「百句の会」で「知音」の仲間と老神温泉へ。四月下旬、東京の桜は大方散った後だが、上毛高原は満開。同人の金子笑子さんの宿「倍楼閣」に泊まって、二十四時間後に百句提出という目標。温泉にも入るし睡眠も十分にとる。この折、蛙合戦なるものを初めて目のあたりにした。七十句でもいいですか、と言っていた人も、仲間に煽られて全員目標達成。夜、散歩に出ると満開の夜桜が襲いかかるようで、ふり返るのが怖かった。

（『鎮魂』平成二〇年）

花篝千のひとつの汝が華燭

81

夫が学生時代に他界してしまった舅を、私は知らない。そのことを悔やんでいた夫は、僕は息子たちの嫁さんが来るまで、絶対長生きするんだ、と言っていたのに。三月二十九日、次男の結婚式。その年の桜は早くも満開に近かった。

五月（さつき）なる千五百（ちいほ）産屋（うぶや）の一つなれど　草田男

の句が胸中にあった。親の身にしてみれば、そのたったひとつ、がこよなく大事。

（『椅子ひとつ』平成二一年）

風鈴やふたり暮しのひとり欠け

82

マンション暮らしで風鈴を吊るすことはないが、これは本井英さん主催の第一回小諸日盛句会の題詠。過去の体験や、映画や小説などの間接体験も総動員して句作するうち、風鈴の音まで聞こえてくる。これは思い出したように鳴る淋しい音。その音に今の心境を託したかった。ふたり暮らしだった頃の思い出も。

（『椅子ひとつ』平成二一年）

ふたり四人そしてひとりの葱刻む

83

結婚前は、料理学校には一応通ったものの、料理などほとんどしたことがなかったが、新婚時代は百日間同じメニューは作らなかった。葱一本でも刻み方、調理法を変えれば数日使える。同じ材料でも作り手の知恵と工夫と手際によって、又は心境や体調によっても出来栄えが異なる。料理と作句は似ている。たった十七音で私の境遇の推移が表わせたのは、葱という日常的な季題のおかげ。定型のおかげ。

（『椅子ひとつ』平成二一年）

水昏るるまで水尾を引き残り鴨

84

五月の連休の草津は、辛夷、桜、黄水仙、水芭蕉、かたくりなどの花々が一気に咲く。昼間は賑わう池のほとりを、夕方ひとりで散歩すると、ここに残ると決めた鴨だろうか、番（つがい）が静かに水尾を重ねていた。ふと浮かんだ言葉は、「残る鴨さへ二羽なるに」。何だか恨みがましいなあ、という声が聞こえた。残り鴨という存在そのものが淋しいものなのだ。〈からまつの芽吹きの昨日さらに明日〉も同時作。

（『椅子ひとつ』平成二二年）

あかんぼが泣きて君らの夏旺ん

85

七月五日、初孫匠海（たくみ）誕生。日盛りに会いに行った。あかちゃんの泣き声に、遠い昔を思い出したが、腕に抱き取ってみると、こんなに小さな存在だったか、と改めて驚く。旺盛な泣き声にせきたてられて、おっぱいを飲ませ、沐浴をさせ、おむつを替え、赤児ともども汗をかいている二人への人生讃歌。

（『椅子ひとつ』平成二二年）

踊唄すすみ踊は後戻り

86

佃の盆踊。路地の櫓の上で古老がひとり太鼓を叩きながら歌う。その寂のきいた声は、延々と口説いているかのようだった。路上ゆえ輪になることも叶わないので、家々から出て来た人々は、細長い帯となって踊る。蝙蝠が飛び交う夜空は、超高層ビルに囲まれた東京のエアポケットのよう。同じ所に行き滞（なず）むように踊るのは、この世に戻って来た死者の心の表われか。

（『椅子ひとつ』平成二二年）

あたたかやをさなきものを思ふとき

87

月に一度か二度、幼な児の成長を見るのは楽しい。デパートの子供服売場に行くだけでも心が温もる。「孫は責任がないから可愛い」「孫は来てよし、帰ってよし」母が口にしていた月並な言葉を、真実と思うようになった。孫の存在は人生の歓びを加えてくれた。しかし「孫」という言葉を使うと途端に婆(ばば)馬鹿の句になってしまうのは、自分だけに可愛い存在となってしまうからか。

(『椅子ひとつ』平成二三年)

言の葉の非力なれども花便り

88

その日私は千葉の美浜区で句会をしていた。大きな横揺れに中断したが、阪神淡路大震災の烈しい縦揺れを体験した私には、震源地が遠いことがすぐにわかった。句会を続けようかと思っていたら、会館の人に叱られ皆外へ出、初めて容易ならざる事態を知った。妹の家に仲間と共に泊まった。その直後、北上の詩歌文学館の呼びかけに応じた一句。その年ほど桜の開花が待たれたことはなかった。

（『椅子ひとつ』平成二三年）

その窓は風を聴く窓緑さす

89

天逝の詩人立原道造は、建築家を目指していたが、生前その設計が形になることはなかった。埼玉の別所沼公園に、彼の設計になる風信子（ヒアシンス）ハウスができたと聞いた。雨戸にまでしゃれた意匠のある木造の小さな平屋。新緑に囲まれた家のベッドのわきの、横長の小窓に心惹かれた。風を聴く窓と直感した。大学生の頃アルバイトして最初に手に入れた『立原道造全集』は、今も私の本棚の一番大切な一隅を占めている。

（『椅子ひとつ』平成二三年）

あかあかとかたぶくあはれ大文字

90

夫の死後、大文字は見知らぬ死者のためのものではなくなった。夫の旧友の家で、鴨川の橋の上で、ホテルの屋上で、神楽岡の路上で、毎年五山の送り火を仰ぐ。嵯峨の常寂光寺からの遠望も忘れ難い。山々の施火は天上の人々へ向かって燃え盛っていることに改めて気づく。山の斜面の傾きの意味を知った。ある年は夫の旧友たちと、ある年は長男と、仲間と吟行したこともある。又ある年はホテルの窓からひとり。

（『椅子ひとつ』平成二三年）

春風の揚力を得てまた一機

91

毎年三月のはじめは小倉で開催される全国女性俳句大会へ。この年、不覚にも飛行機に乗り遅れてしまった。次の便まで三時間、西へ東へ飛び発ってゆく機影を眺めて過ごした。

「春風にぐんぐん高度を上げる飛行機は、人生の充実期にある作者の自信と意欲の反映でもあるだろう」とは、長谷川櫂さんの讀賣新聞「四季」欄の評言。ほんとはこんなどじから生まれた句だが、あの時間も無駄ではなかったのだ。

（『椅子ひとつ』平成二四年）

生き残るとてもつかの間さくら咲く

92

京都、黒谷の夫の墓。やがて私の墓となる。

「然るべき日ばかり詣でつつ見れば、程なく卒都婆も苔生(む)し、木の葉降り埋みて、夕べの嵐、夜の月のみぞ、言問ふ縁(よすが)なりける。」

「跡訪ふわざも絶えぬれば、いづれの人と名をだに知らず、年々の春の草のみぞ、心あらん人はあはれと見るべき」

――徒然草三十段――

この年ここで初桜に逢う。

（『椅子ひとつ』平成二四年）

舟去りて月光残る夏芝居

93

「芭蕉通夜舟」（井上ひさし作）を詠む、という企てに快く応じて下さった坂東三津五郎さん。終演後の食事の席で選句も約束して下さったので、皆大いに張り切る。早速返って来た選句稿に添えられていたのは、

舟唄の闇に溶けゆく白露かな　爽寿

三津五郎さんは「爽寿」の俳名で句会も楽しんでおられたと聞く。踊りも演技もいよいよ充実期を迎えていたのに。「芭蕉通夜舟」の再演も決まっていたのに。

（『椅子ひとつ』平成二四年）

最上川大淀にして日雷

94

件（くだん）の会恒例の「大人の修学旅行」。この年は同人細谷喨々さんの案内で山形へ。大石田の「あらきそば」で走り蕎麦、家伝の身欠鰊、秋茄子のぺそら漬、厚切りの尾花沢西瓜などを昼酒と共に楽しむ。夕暮時に立ち寄った細谷醫院の畳の待合室でいただいた漬物と水の美味も忘れ難い。この旅のハイライトは何と言っても最上川。その悠揚たる流れと、緑の大地と、天啓のような遠雷とを詠み上げたかった。

（『椅子ひとつ』平成二四年）

図書館の冬の匂ひを今も愛す

95

慶應義塾の赤煉瓦の図書館は、百年を経て東京都の重要文化財となり、その機能は新図書館に譲ってしまった。学生時代、この重厚な建物の窓辺で本を読む時間が好きだった。地下の談話室が慶大俳句の毎週の句会場だった。

「俳句」のグラビアの撮影のため旧図書館に足を踏み入れると、「ペンは剣より強し」のステンドグラスが、半世紀ぶりに私を迎えてくれた。

（『椅子ひとつ』平成二四年）

初明り机上のものを浄めけり

96

明窓浄机という言葉が好きだ。私の書斎の机は明るい窓に面して据えたが、いつも本や原稿が山積み。年に一度、年末の大掃除が済んだ時だけ、机上が清らかになる。仕事が片づくわけではない。とりあえず収納場所に預けておく、という感じ。私の理想は

去年今年貫く棒の如きもの　虚子

のごとく、年末年始も昨日の続きのペンを執り、昨日の続きの本を読むことなのだが。

（『椅子ひとつ』平成二五年）

クロワッサン焼くる匂ひも明易し

97

パリに着いたのは未明。小さなホテルに大きな荷物を預け、モンサンミッシェルへの旅装を整えていると、さして広くないロビーにパンの焼ける匂い。フランス語の翻訳家くにしちあきさんが「いい匂いね！」と褒めると、フロントの青年が「召し上がります？」「もちろん！　ついでにカフェオレも。」こうして私たちのフランスの旅は始まった。〈灯涼しエッフェル塔を編み出して〉〈異教にも異邦人にも鐘涼し〉

（『椅子ひとつ』平成二五年）

つたうるしもみぢ木の間に領巾振るは

98

「知音」の同人旅行で戸隠高原へ。十月初旬のことで、紅葉にはまだ早い頃だったが、木々の幹を巻きのぼる蔦漆はすでに真っ赤に染まっていた。樹間に隠れるようにひらひら揺れている様は、ひそかに合図を送っているかのよう。万葉の昔、松浦佐用姫（まつらさよひめ）は、恋人との別れを惜しんで鏡山に登って、領巾（ひれ）を振ったという。領巾は女子の服飾で首から長く垂らした布。風にひらめく意味だそうだ。

（『椅子ひとつ』平成二五年）

露けしや我が真言は五七五

99

五十年俳句を作り続けて至りついた一句。多くを語ることはできないけれど、五七五の響きが好きだ。小さな器だが、季語が想像の世界を広げてくれる。時には時空を超えて。露でしっとりした夜気の中で、静かにもの思う時、偽りのない言葉がこみ上げる。私には俳句がある。

（『椅子ひとつ』平成二五年）

柚子ひとつ渡す言葉を託すごと

100

手渡したのは柚子ひとつだけだが、言葉を添えたかった思いが残った。言葉には思いが託されている。私の俳句もそんなものかも知れない。願わくは一句が柚子のように香気あふれるものであらんことを。空腹を満たすものにはなり得ないが、何かの折に香味を添えるものでありたい。柚子を手にする時、この句を思い出してくれる人がいたら、それだけで浮かばれる。

（『椅子ひとつ』平成二五年）

俳句を続ける上で大切な存在三つ

私を育ててくれた人々

高校生の頃、セーラー服の胸ポケットに入れた小さな手帳の、一ページに一句を書きとめた時から、私の俳句は始まった。あれから五十年。この、世界でいちばん短い詩型に、人生の季節の折々の思いを託し続け、今もなお倦むことがない。それは何よりも俳句の魅力の故だが、私の場合、それにも増して俳句を通して得た人々との幸せな出会いのお蔭だった。半世紀にわたる自作を百句選びながら、その思いを一層深くした。

一、師

大学に入った年の初夏、日吉キャンパスの慶大俳句の部室に於ける数人の句会に、同じキャンパスの高校の教諭である先輩が現れた。それが生涯の師、清崎敏郎との最初の出会いだった。先生はその頃四十四歳だったが、すでに大人（たいじん）の風格があって、部室の空気が急に緊ったのを覚えている。

あの先輩は俳句が大好きで、いくらでも見て下さるよ、と上級生が言っていたので、私も見ていただけますか、と尋ねると、「いいよ、百句作って持っといで」と、気さくに応えて下さった。上級生たちを見習って、半紙一枚に十句ずつ筆で清書し、放課後の職員室に持参した。先生は目の前で黙って真剣に一句一句を読み、一枚に一句か二句丸印をつけ、その場で返して下さった。

その間私は隣の席の椅子に座って、先生の手元を見つめていた。放課後だったせいか、大抵隣席は空いていた。あの、人もまばらな職員室の、窓の外からスポーツクラブや音楽クラブの練習の音が聞こえてくる夕方の、師と向き合った時間と空間を思い出すと、何と幸福なスタートを切ったのだろうと十八歳の私を祝福してやりたくなる。

しかし、その頃の私には、そんな自覚はまったくなかった。私にとって俳句は、学生時代のクラブ活動にすぎなかった。卒業しても俳句を続けるかどうかなど考えてもいなかった。

初学の四年間、私は作った句のすべてを先生に見ていただき、選を受けることができたのだ。百句のうち十数句に印をつけて下さると、先生は「また百句作って持っといで」と仰有る。私は自作について何か問うこともできないくらい内気な女子大生だったので、選を得た十数句を、その夜清書用の句帳に書き写し、宝物のように大切にした。そしてしばしばそれを読み返していた。

今から思うと、それが恰好のイメージトレーニングになっていたのだと思う。印のつかなかった句について、あれこれ疑問や不満を抱くことなく、先生にいいと認められた句だけを読み返し、これが私の進むべき道なのだと信じた。何の疑いも迷いもなかった。

とは言うものの、大学卒業の時は、このまま俳句を続けるかどうか、自分は俳句に合っているのかどうか、不安がよぎった。先輩たちの殆どが、男性は就職すると俳句から遠ざかっていった。女性は結婚して子供が生まれると、句会にも出て来なくなった。学生時代のクラブ活動の延長のような気分で、このまま俳句を続けることができるのだろうか。自分が俳句に向いていないようなら、この際きっぱりやめよう。そう思って、先生に聞いてみた。

「そんなもん、十年やってみなきゃわかんねえよ」

それが先生の答だった。その一言に誘われるように、卒業後、就職しても、結婚後も、子供が生まれても、二児の母となっても、私は俳句を作り続けた。

その後読んだリルケの「若き詩人への手紙」にこんな一節がある。

あなたはほんとうに若く、あらゆることの始まる以前にいらっしゃる。ですからわたしはできるだけあなたにお願いしたいのです。どうか、あなたの心のなかのあらゆる未解決のものに対して忍耐をお持ちになるように、そして問いそのものの

を閉ざされた部屋のように、非常に未知な言語で書かれた本のように愛すること
につとめて下さい。今は答をお求めにならないでください。（略）今はあなたは
問いそのものを生きてください。そうすればおそらくあなたは、気づかぬままに、
おもむろに、いつの日か遠い将来に、答のうちに生きておいでになるでしょう。

（生野幸吉　訳）

ほんとうにその通りだった。私はその後、十年はおろか、気がつけば五十年も俳句を作り続けている。まさに答のうちに生きている。そして、不思議なことに、三十三年間師事した先生の声は、先生が亡き後も聞こえてくるのだ。自分の至らなさにめげる時、迷う時、先生は何と言われるだろうと耳を傾ける。ひとつの仕事をなし終えた時、先生に先ず見ていただきたいと思う。この自註百句も、初心の頃の百句と同じ思いで、先生にさし出したい。

二、長い仲間

大学一年の私を、大人たちの句会に連れて行ってくれたのは、四年生の行方克巳さんだった。学生同志の句会は、木曜日の放課後、日吉の部室で、土曜日の午後、三田の図書館の地下で、毎週行なっていた。すでに結社に入っていた人もいれば、私のようにクラブ活動として句会を楽しんでいる者、句会にはあまり出て来ないけど、吟行や夏の合宿、三田祭の後の飲み会には必ず顔を出す者、様々だった。誰も彼も、句会の場だけは真剣に作り、神妙に先輩たちの議論を聴いた。句会はゲームのように緊張感とスリルに満ちて、楽しかった。しかも無記名で作品を出し合う句会のしくみは、なんと平等で民主的なのだろう。そこには上級生も新入生も、男女の性差も、社会的立場や地位もなかった。私は大学の講義より何より、句会の魅力にはまってしまった。

そんな私を見て、

「清崎先生が、卒業生たちを中心に指導して下さる句会があるから、連れて行ってあげよう」

と、克巳さんが声をかけて下さった。兼題は「香水」「萍」だったので、昭和四十一年の夏だったと思う。十句持って句会場に行くと、今日の席題というのが出て、その場で三句作らねばならない。学生たちの賑やかで和やかな句会とはうって変わって、真剣に俳句と向き合っている大人たちの集まりだった。昼間は仕事をしている男性たち十数人が、月に一度、芝の郵政会館の一室に集まり、清崎先生の指導を仰ぐ会だった。女性は私の他に一人しかいなかった。そこで私は毎回お茶係をつとめた。

幹事の杉本零さんが、毎月手書の葉書で次の会の日程と兼題とを知らせて下さった。零さんは三十代半ば、俳壇の雑誌にもその名を時々見る眩しい先輩だった。皆がおし黙って席題の句を案じている時、一人だけ快活な声で先生に質問したり、余談に興じたりして、いとも軽やかに席題三句を作り上げてしまう人だった。

年に一度、「夜長会」では先生と共に旅行をするのが習わしとなっていた。奈良のお水取、雪の高湯温泉、夏の伊豆、高尾山、那智の滝、秩父、山中湖、能登島、江の島など、先生を囲む旅の思い出は数知れない。子育ての時期も、一人は実家に預け一人を連れて参加したものだった。二人一緒に連れてゆくと、句会の最中駆けずり回るのは目に見えていたので。そんな時、仲間が兜虫を採ってくれたり、先生が買って下さった花火を囲んだりした。

旅行中は家事から解放されて、三日間俳句のことだけ考えて過ごすことができる。夜の句会が終わった後、兼題でもうひと句会、さらに袋回し。俳句モードになった心身は、翌日の吟行で快スタートを切ることができる。三日目の午前中も句会をして解散、帰途の車中でも紙を回したことがあった。皆若かった。真の俳句好きとは、こういう仲間だと知った。

慶大俳句の先輩の鈴木貞雄さん本井英さん、後輩の中川純一さん三村純也さんも、卒業後は「夜長会」でこうして師選を競って育った。のちに共に「知音」を始めた行方克巳さんとは、最も長い仲間となった。この仲間たちの存在がなかったら、私は俳句を続けられただろうか。子育ての頃、句会に出られなかった時、欠席投句の結果を知らせてくれた。スランプに陥った時、一日十句を葉書で交換するのにいつでもつき合ってくれた。何よりも久しぶりに句会に出た時、昔からの仲間は「和子さん」と呼んで迎えてくれた。妻であり母であることを忘れた日は一日とてなかったが、時には一人の存在として、作品のみを評価される場所も、私には必要だった。

先生が亡くなって、目指すべき師選を失った時、最も頼りになったのは古くからの仲間だった。「知音」を始めた時、一番力となってくれたのは、創刊以前から句会を共にして来た仲間だった。次男が幼稚園に通い始めた年に、自宅で数人で始めた午前中の句会「窓の会」は、鎌倉吟行句会と形を変えて三十四年の長きに及んでいる。メンバーも五十人を超えた。先生から託された「木曜会」は、発足当時の仲間、江口井子さんと島田藤江さんを中心として、新たな仲間を増やしつつある。富士通の四十五歳研修をきっかけとして出来た「かずのこ会」も、栗林圭魚、松井秋尚、谷川邦廣といった発足メンバーは古稀を越えた。今も現役の頃と変わらず、毎月夜の句会を共にしている。十四年間住んだ関西の仲間とは、今も月に一度京都で句会を共にしている。こうしてみると俳句への情熱が持続してこそ、長い仲間を得ることができたのだ。

三、遠い仲間

大阪に移り住んで五年経った或る日、「鷹」同人の後藤綾子さんから電話をいただいた。

「人生の最後に、うちで超結社の句会をしたいと思うの。声をかけたのは、辻田克巳、茨木和生、宇多喜代子、山本洋子、大石悦子。あなたもいかが？」

皆関西で活躍中の錚々たる人々である。「はい、行きます」と即座に応えた。後藤さんのお宅がどこであるかも知らなかったが、この人々と句会ができるなんて、願ってもないことだった。

「あ句会」の始まりだった。綾子さんの「あ」からの命名だったか、会の名前が決まらぬうちにあの会、あの会と言い習わしていたためか。月に一度お宅に伺うと、三月にはお雛様が、秋には虫籠が床の間に飾ってあり、句材を提供して下さるのだった。ここで句会を重ねるうちに、世の中には様々な句の作り方があること、俳句観にも色々あることを、私は初めて知ったのだった。勿論頭の中ではわかっているつもりだったが、実際に句会を通して実感した。それが大切なのだ。しかも、メンバーの一人一人が、長い句歴を持ち、各々の俳句観をしっかり持つ作家であったこと。それが私の自覚を促してくれた。

「あ句会」でも、実に様々な所へ吟行した。毎年の東吉野村を始めとして、九絵を食べに熊野へ、鴨を食べに雪の湖北へ、夏の伊根へ。関西の地霊を訪ね、地のものを食べよと、連れて行って下さったのは、『西の季語物語』の著者、茨木和生さんだった。俳句のお蔭で私は関西でも得がたい仲間を得ることができた。

後藤綾子さんの没後も、その遺志を継ぐようにこの会は続いている。岩城久治さんが加わった頃からだったか、古季語、難の兼題が出されるようになった。ある時は実物を持ち込んで示してくれる。その結実が、宇多喜代子著『古季語と遊ぶ』であるが、その後も何年も種が尽きないのは、季語の幅広さと奥深さ故であろう。

師系を異にする超結社の仲間は、いわば遠い所で育った存在なのだが、同じ俳句という山を登り続けてきた人々である。山道の途中で出会った登山者を、同志の仲間と思うのはごく自然のことだ。

関東に戻って来た或る日、黒田杏子さんから電話をいただいた。

「あなた東京に戻って来たそうだけど、九段のうちの事務所でやってる句会にいらっしゃいませんか。メンバーは阿部完市、今井杏太郎、榎本好宏、横澤放川、橋本榮治、細谷喨々、仁平勝、櫂未知子」

この時もその場で即答した。「件の会」と名前が定着したのは、その翌年だったか。この会の仲間になって十一年になる。

平成二十七年七月

初句索引

著者略歴

西村和子（にしむら・かずこ）

昭和23年、横浜に生まれる
昭和41年、「慶大俳句」に入会、清崎敏郎に師事
平成８年、行方克巳と「知音」創刊、代表
毎日俳壇選者、俳人協会副会長

句集『夏帽子』（俳人協会新人賞）『窓』『かりそめならず』『心音』（俳人協会賞）『鎮魂（たましづめ）』『季題別西村和子句集』『椅子ひとつ』俳句日記『自由切符』『わが桜』
著書『虚子の京都』（俳人協会評論賞）『添削で俳句入門』『季語で読む源氏物語』『俳句のすすめ―若き母たちへ―』『気がつけば俳句』『子どもを詠う』『季語で読む枕草子』『季語で読む徒然草』
共著『名句鑑賞読本』茜の巻・藍の巻、『秀句散策』

発行　二〇一五年一〇月一日　初版発行　二〇二五年二月一四日　第二刷
著者　西村和子 © Kazuko Nishimura
発行人　山岡喜美子
発行所　ふらんす堂
〒182-0002 東京都調布市仙川町一―一五―三八―二F
TEL（〇三）三三二六―九〇六一　FAX（〇三）三三二六―六九一九
URL https://furansudo.com/　E-mail info@furansudo.com
振替　〇〇一七〇―一―一八四一七三
装丁　和兎
印刷所　三修紙工
製本所　三修紙工
定価＝本体一五〇〇円＋税
ISBN978-4-7814-0818-7 C0095 ¥1500E

シリーズ自句自解Ⅰベスト100 西村和子